AF418729

Desmurisiones

Cuentos y Relatos

Alejandro González Santafé

PRIMERA EDICIÓN: DICIEMBRE DE 2020
Desmurisiones, cuentos y relatos
© Alejandro González Santafé
Todos los derechos reservados
alejosacer20@gmail.com / Tel. (057) 316 619 1078

978-958-49-0997-8

EDICIÓN, DISEÑO Y DIAGRAMACIÓN:
AG Consultoría en Investigación y Narrativa
agconsultores2010@gmail.com

FOTOGRAFÍA DE PORTADA:
Rudy Paola Pinzón Granados

MODELO DE PORTADA:
Nataly Johanna Santafé Granados

A papá y mamá,
por el mutuo amor que los hace sublimes.

No entres dócilmente en esa buena noche,
que al final del día debería la vejez arder y delirar;
enfurécete, enfurécete ante la muerte de la luz.

Dylan Thomas

El contemplar la enramada
a mi niñez me recuerda
cuando bien de madrugada
se empezaba la molienda.
El trapiche se quejaba
de dolor en cada vuelta,
también la caña lloraba
con lágrimas de panela.

Samuel Antonio Jiménez Mora

Contenido

Prólogo

Por Sebastián Sabogal

Es difícil recordar que la literatura es un juego. O, al menos, es difícil escapar a la seriedad del contexto, las dudas más profundas, los grandes temas. A veces es difícil no decir que esa enorme mosca pesada y flotante, la muerte en una guerra, merece solemnidad, un apego estricto a contar las cosas como son: eficiencia y respeto. Pero la literatura fue en el principio, y sigue siendo, un juego; por ello unir el horror y el juego es un imposible que solo ella consigue cuando no olvida lo que es: literatura. Algo así es *Desmurisiones*.

El título de la obra, extraño y de ortografía infantil, es tomado de uno de los cuentos que la componen. El relato narra la historia de una niña ciega, habitante de una ruralidad brutalizada por el conflicto armado, que ve personas morir en reversa, *desmorirse,* "para volver a morir". Mueren acribilladas, motosierradas (si estamos para inventar palabras), decapitadas y desmembradas. Es la horrenda visión que nos atormentaría en un país como Colombia si no tuviéramos esta ventajosa posibilidad de ver solo lo que tenemos en frente y creer que todos los días no pasa más que eso. Quizás por eso la niña es ciega:

su maldición, esa "pesadilla", consiste justamente en lo contrario, y con ello *nosotros vemos*.

Pero es probable que esto sea "muy moral". No necesariamente menos cierto, pero sí "muy moral", porque estamos hablando de literatura, de un libro que a pesar de todo juega. Quizás, entonces, el asunto tenga que quedarse en la literatura, y la niña sea ciega por herencia cultural del autor, por la influencia de esos ciegos videntes y profetas de la mitología y literatura clásicas (hay en el libro un cuento que *divaga* en torno a Sophia Engastrómenos, Heinrich Shcliemann, Troya y, cómo no, la Ilíada, ese tesoro dejado por otro ciego iluminado —aunque esto de que Homero tampoco viera ya ha de ser casualidad[1]—). O quizás la niña fuera ciega para explorar la idea de un horror que todo alcanza, ciega porque Alejandro González llegó hasta allá olisqueando inquietudes.

En realidad, la niña puede ser ciega porque sí. Puede ser cualquier cosa. Claro: es literatura, y la literatura es polisémica, eso ya se sabe. Pero es que no se trata solo del fondo, es también la intención declarada en la forma. Este libro se llama "Desmurisiones", con una nominalización y una 's' prohibidas pero que llegan también a ser graciosas (con la gracia de los niños); esto tiene que ser

---

1 Por cierto, "tesoro" es la palabra que se utiliza en el primer cuento del libro, *Aquel frágil tesoro*, donde se afirma que "la parte más interesante de la vida de Saint-Exupéry se narra en un libro histórico llamado El Principito" (ese "muchachito extraordinario"). Otra casualidad: aunque la mayoría de los relatos de la obra son breves, yo podría poner todo *Aquel frágil tesoro* aquí si así lo quisiera, pues es uno de los cuatro microcuentos del libro, tal como *"Divagaciones en torno a los posibles hallazgos de Sophia Engastrómenos"*, texto que referíamos al llegar a este pie de página.

una declaración rotunda y obstinada de la niñez, porque si fuéramos sensatos, sabríamos que esto es serio, que hablamos del horror… ¿Por qué hacer que el libro se *titule* así?

Pues por algo que ya hemos dicho: ésta es una literatura que no se olvida de sí misma, que vuelve más fácil el hacer de ella cualquier cosa, porque su forma nunca deja de ser inventiva, y lo inventivo motiva. Con esto hablo, justamente, de esa circularidad llamada al poner estas palabras juntas, *inventivo-motiva*, ese mismo ir y venir al que aludí en el primer pie de página[2]. Hablo de la circularidad que la idea de "desmorirse para volverse a morir" nos pone en frente y que es también el sustrato básico de cuentos como *La hoja en blanco, El espanto de la hondonada, Silenciador y* los mismísimos dos microcuentos que referí hace dos párrafos[3]. *La hoja en blanco* (otro microcuento, por cierto) es de hecho un texto que recuerda fuertemente a uno de los más egregios entusiastas de la circularidad, otro ciego iluminado[4]: Jorge Luis Borges, cuya influencia en el libro no se limita solo a esto.

Quiero decir que un carácter fantástico, metaficcional y de racionalidad lúdica, marca de muchos de los cuentos de Borges, es algo que puede hallarse también en este libro. Es el entregarse a las infinitas posibilidades de lo

2 La razón por la cual me refiero al pie de página dentro del cuerpo del texto es solamente para jugar, espíritu que inexorablemente me ha infundido el libro. Pero puede vérsele también una utilidad práctica: garantizamos, si no la ha habido, la lectura del pie de página que referíamos al llegar a este pie de página.

3 A veces la circularidad se impone ella sola, sin planes ni intenciones.

4 Y a veces es un túnel que se anuncia y por el que uno decide meterse. Algo inevitable en nuestro contexto.

falso. Así, por ejemplo, al ser fuente ilimitada de verdades ("es decir, falsa" por recordar a Borges), la literatura ha permitido doblar los géneros para que este libro alcance cuentos como *De Don Juan de Borja, Plaza de Bolívar* o *La Guerra de los Mil Días,* que con la boca llena de verdad (el epígrafe del libro declara que estos relatos "son infinitamente reales"), cuentan partes de la historia latinoamericana y colombiana vistiendo al narrador, casi oral y popular, con el *ethos* del historiador.

Todo se dobla para que en *Plaza de Bolívar* el narrador sea preciso, pero expresivo: 'El ruido del disparo se pierde en el trueno absoluto con el que a las 11:17 minutos de este jueves inicia el torrencial aguacero". Se dobla para que el narrador de *De Don Juan de Borja* nos informe que "Cierto día de enero del 1653 ocurriósele a Don Juan lo oportuno que sería un esclavo solo para el asunto del agua. Pues la ciudad pasaba por los duros meses de la sequía y los recorridos en busca del agua podrían tardar varias horas", en una historia tan cierta que su origen es de lo más primario: esta historia se la contó la mismísima María de Borja.

En este libro los narradores *cuentan la Historia.* Es también el particular caso de *La Guerra de los Mil Días,* la historia de cómo dicho conflicto resulta debiéndose, prácticamente, a su propio título tras una serie de postergaciones y voluntariedades absurdas (idea nada descabellada, si se observa con atención la historia nacional). "Un día los habitantes de este país se cansaron de vivir entre escaramuzas y se dijeron: 'Pues hagamos una guerra'. Prácticamente todos estuvieron de acuerdo, y así fue, llegó el gran día, 17 de octubre de 1889", cuenta el narrador. Digo que el caso es particular porque, con su humor ojalá garciamarquiano (para que el adjetivo nos ahorre descripciones de virtudes), el texto además de contar verdades se dedica a jugar casi hasta el chiste, así sea con lo serio[5].

Y también así, entre juego y humor, el libro se entrega en otros cuentos al más simple placer narrativo, al jugueteo total y a la fantasía. En estos casos se trata casi de meros codazos al lector, de pausas activas. Hablo de cuentos como *La asamblea mundial de las luciérnagas, El papá de los hijos de ella* (cuyo título, como el del libro, es también una declaración de intenciones), o *Réquiem,* donde la muerte es una vez más, pero quizás con un fondo menos dramático, una posibilidad de imaginar.

He ahí nuevamente la idea que abrió este prólogo y que atraviesa todo el libro: cuando la literatura no se olvida de que es literatura, tiene la gran capacidad de unir cosas como muerte y juego, y dar así, por ejemplo, escenas como aquella de *Por tus calles tranquilas* en la que los campesinos juegan a "adivinar el arma" según los sonidos que escuchan desde sus casas. Y ocurre igual con la unión de muerte y risa. En la novela de Evelio Rosero *Los Ejércitos* (que, por su tema, relatos como *Silenciador, Marita* o el que vengo de citar me recuerdan), Ismael Pasos se pregunta por qué le "da por reír" cuando descu-

---

5 No podemos dejar de recordar aquí a Borges una vez más, su flagrante irrespeto de algunas veces, con ese impostado tono ensayístico y sus ficticias, descaradas, e incluso caprichosas, referencias y pies de página.

bre que solo quisiera dormir y no despertar, o piensa que entre balas y sangre salpicada siempre hay quien se ría. Es inevitable: en un punto se dice "Dios sabe que alguien en el pueblo se reirá de esto tarde o temprano: *al estallar el profesor Pasos se llevó con él un bueno número de niños*".

Esta cita interesa por la ironía, casi marca registrada de nuestra literatura latinoamericana y obvio ingrediente de estos cuentos. Ya vimos el ejemplo de *La Guerra de los Mil Días*. Si estos textos no tuvieran esa suerte de conciencia de sí mismos, no podrían tener tantas dosis de ironía. "¡Soldado Mulato, negro tenías que ser! Avance, dele el tiro de gracia", dice un coronel en *Plaza de Bolívar,* línea que produce una risa que no se sabe si es la risa del humor o "la risotada del miedo" (según describe Ismael Pasos).

En este libro la ironía puede, o bien soltar esa cruel risa ("No sea pretencioso Padilla, más bien coma algo, así no se dirá dentro de doscientos años que la República fusiló a su almirante negro en ayunas"), o bien hundir el dedo en la llaga con más pesadez, como ocurre con el secreto que esconden los hermosos ojos del *vendedor más grande del mundo,* o la historia contada en *Monólogo de una tortuga y sus formas de amar,* donde una hija que era huérfana ya antes de que su padre muriera resulta siendo una especie de madre suya, él ya un niño agotado y envejecido…

Es a través de estos dispositivos diversos que la tristeza o el horror pueden ser abordados y recorridos. "No se les va a soportar nunca si no se les pasa a través del lenguaje", podría decirnos este libro. Permítanme ejemplificar con precisión: uno agradece que en *Leticia,* esa triste historia, se diga esto: "Curiosamente te llamabas Leticia, que significa Alegría". Ante un horror que es capaz de romperlo y revolcarlo todo ("hablaban normal delante de nosotros los niños, porque la noche ya nos había hecho a todos adultos"), quedan tal vez el lenguaje y la voz, último bastión humano.

Hay, creo, siempre un anhelo de esperanza. Nada más humano. Y siento que este libro busca eso en los niños al configurar su voz. Aquí los niños ofrecen esperanza, o al menos una obstinación, incluso siendo abaleados, traumatizados y hasta malditos… Me atrevo a hacer tan contradictoria afirmación porque a lo largo del libro es inevitable sentir un cierto confort manando de una inocencia que fluye debajo. Una inocencia infantil, el frágil tesoro que nos enseña El Principito.

Es la inocencia que se siente en la mujer triste y violentada de *Monólogo…*, que, con todo, puede decir cosas como: "Yo sabía que era el momento de hacer esta invocación en voz alta: 'Yo corto todos los hilos, todas las cuerdas que te puedan atar a la tierra, a nosotros. Papi, puedes irte tranquilo y sin peso'". (Es casi mágico, casi un juego escolar). Es la inocencia de Marita al querer darles arepas a sus amigas, "unitas nada más", sin entender que no se puede. La inocencia que Cecilia, en *Silenciador*, tendrá que recordar ahora para consolarse. O también la triste pero inspiradora obstinación de don Pedro, *El caballero de la triste figura*, que nos regala joyas de la defensa de los buenos valores como este reclamo sobre el papel higiénico: "¿Pero qué es esto? Qué desperdicio. (…) ¿Cómo es qué no escriben algo interesante en todo este papiro?".

Una niña tratando de explicar el mundo. Unas luciérnagas ratificando su preferencia por la luz ahorradora. Dos embarazadas sintiendo una fuerte solidaridad. Un muerto diciendo "mi papá, alma bendita también". Un juego, una burla, desahogo… En este libro siempre hay dolientes, sobrevivientes que se lamentan pero que en medio del lamento encuentran la dicha de la voz.

Aun cuando el narrador de *Por tus calles tranquilas* diga "Cuando conversábamos lo hacíamos a voz suave; ya empezábamos a darle más autoridad moral a las armas y no a las palabras", es solo en la narración y en las palabras donde pudo liberarse, ver(se) y recrear(se) hasta el punto de iniciar su relato diciendo esto: "Aunque dijimos que es un pueblo cualquiera, ocurre que esta clase de pueblos también tiene nombre y por tanto historia: hela aquí".

Nombrar, entonces, es en sí mismo hacer historia. Por eso este libro, desde el título hasta su final, junta todo lo que aquí hemos discutido. La literatura une juego y horror, eros y tánatos: "El amor…" (…la voz, el lenguaje, la literatura, el goce…) "…florece como un cauto entre sus espinas, y más allá de los caminos del tiempo y de la memoria"[6].

---

6 Tal vez de nuevo me pasé de moral, o al menos de sentimental. Aquí un último pie de página como para no descuidar el juego. Con ustedes, *Desmurisiones*.

Aquel frágil tesoro

Antoine de Saint-Exupéry murió en la Segunda Guerra Mundial al caer su avión en las aguas del Mediterráneo. Su aeronave fue hallada recientemente en las profundidades del mar, y en ella los restos del piloto y los de un niño, un extraordinario muchachito, que parecía dormir feliz en sus brazos. La parte más interesante de la vida de Saint-Exupéry se narra en un libro histórico llamado El Principito.

Desmurisiones

Cuando el corazón le volvió a latir fue descubriendo con asombro cómo la bala lo abandonaba, llevándose su dolor y devolviéndole la sangre, mientras la herida dejaba de existir, no sin antes desentir un ligero quemonazo. Su camisa quedó sin huecos y limpia de sangre. Se desoyó lentamente un eco estruendoso que terminó en una implosión seca que metió el humo en el cañón; esa niebla de muerte que suele salir de algunas armas. El aire succionó el disparo convirtiéndolo en un suspiro desposeedor de una velocidad inminente y casi taciturna. El gatillo disparó el dedo hacia adelante, y éste se estiró, primero resistiéndose y luego dilatándose con cierta suavidad. A su asesino se le secaron los pantalones, mientras él, desterrándose del suelo, veía cómo le retiraba de a poco la mirada. Y se le fue bajando el odio al mismo tiempo que volvían a su boca en desbandada estas palabras: atupeeeujih orrep. El resucitado fue levantándose, casi como cayéndose, como si una fuerza extraña violara la ley de la gravedad.

Su asesino, aunque lo sujetó de la camisa, lo fue soltando de a poco hasta dejarlo en pie; uno podría decir que con algo de cariño. Todo pasó en unos cuantos segundos y al final los segundos también pasaron por los segundos como queriéndose devolver.

Su asesino lo traía a punta de empujones.

—Viejo malparido —le dijo—, camine que todavía nos falta.

—¡Pues le va a tocar que me mate aquí —le contestó el viejo clavándole la mirada—, porque yo ni por el hijueputa le camino más!

Entonces, lo tomó por la camisa y lo empujó tirándolo al suelo, mientras tembloroso le gritaba:

—¡Perro hijueeeputa!

Pero al viejo no le titubeaba la mirada; tanto así que lo hizo mearse en la ropa. Y ahí nomás le apuntó al corazón, fue un disparo seco, cuyo sonido, al entrar en contacto con el aire, se marchó ladera abajo, cruzó el río y se metió en las casas por entre las rendijas de las tablas, haciendo temblar los trastos y que los perros y los gatos abrieran sus ojos asustadizos y hasta cobardes. Entonces, el silencio ruidoso de la muerte despertó a la niña María, la cieguita de la vereda, quien bañada de sudores y lágrimas corrió a la habitación de su mamá y despertándola le dijo:

—¿Escuchaste el disparo? Es la muerte, mamá, ¡es otra vez la muerte!

Y le contó cómo había visto a un hombre que se desmoría para que luego lo mataran. Su mamá ya lo había intentado por todos los medios, pero la niña no dejaba esa costumbre de ver muertos mientras dormía.

—Déjala en paz —le decía el abuelo—, ella no tiene la culpa. Además, la guerra se anda metiendo en todo, hasta en nuestros sueños.

Por fin, en una tarde de agosto se le acabaron las preocupaciones. Se dieron las 5, las 6 y llegó la noche, y la mamá no regresó del pueblo. Entonces, María otra vez lo vio todo, fue la más horrenda de las pesadillas. Una veintena de cabezas rodaban con esos sus ojos queriendo volver a la vida, tratando de reencontrarse con sus cuellos y el resto de su humanidad. De fondo, la sórdida música de una motosierra cubierta de sangre animaba la tragedia. El aguacero de aquella noche sabe muy bien del desespero de los brazos y las piernas buscando a tientas sus torsos para encajarse como si fueran muñecos infantiles. En el punto más alto de su delirio la niña vio a su mamá desmuriéndose, tratando de sobrevivirse para que luego la mataran.

María intentó por varias horas hacer que su sueño no existiera, pero, ya derrotada por su realidad, corrió a los brazos del abuelo, quien había pasado la noche en el patio a la espera de su hija.

—¡Ay, abuelito! —le dijo—, cómo desearía que mamita tuviera razón cuando decía que yo estaba loca y que por aquí no mataban ni descuartizaban gente.

Silenciador

Efrén llegó al pueblo a finales de agosto y en cuestión de días se ganó el respeto de sus compañeros de la estación de policía. La gente del pueblo también lo apreciaba, era un policía tranquilo, silencioso y algo tímido. La única distracción que se le conoció fueron sus coqueteos con la viuda Cecilia.

Todo empezó una mañana cuando se les vino encima un aguacero repentino. Ella iba de camino a su trabajo de recolectora de café y no tuvo más remedio que escampar en la trinchera de Efrén. Fueron quince minutos de esos que bien podrían valer toda una vida.

Desde entonces se adueñó del turno de la madrugada con el solo pretexto de verla pasar; salvo los miércoles, el día de su descanso obligatorio. Ese día le partía la semana y de paso el alma. Cecilia también tuvo desde el primer día una especial atención por Efrén, quien, a pesar de su baja estatura y su prominente barriga, destilaba un aire de bondad y calidez propio de la gente de tierra fría.

En las semanas siguientes se dispusieron a entretenerse en las proximidades del amor. Eran los días de las mañanas perfectas, pues Efrén simulaba no verla pasar frente a su puesto de guardia, simulaba no quererla, simulaba no soñarla.

En las horas de la tarde, cuando ella volvía de su trabajo, él fingía una visita a sus compañeros de guardia con el solo pretexto de verla pasar. Y llegado el momento aparecía la viuda Cecilia, quien, dicho sea de paso, mantenía en su andar una exquisitez directamente proporcional al tono de su voz y al negro querer de sus ojos.

Cuando agotaron los pormenores del cortejo, acordaron verse una noche de miércoles a las 11:30; pues, justo había disminuido el número de compañeros, y Efrén debía apoyar en la vigilancia.

Aquella noche de noviembre escondía una luna tímida. Cecilia iba a unas cuadras cuando dos mujeres, una rubia y la otra de gorra azul, la adelantaron. "Mejor, voy más lento", se dijo, "no está bien para una viuda ser vista a tan altas horas de la noche entrando a una trinchera".

Las dos mujeres aligeraron el paso y entraron con cierta prisa al puesto de guardia de Efrén.

Cecilia fingió quedarse, luego intentó caminar y por unos segundos sintió celoso el corazón. "Soy una tonta", se dijo, "Seguro que esa rubia tiene algo con él". Pero, de inmediato, las mujeres salieron de la trinchera y corrieron en dirección a ella.

—Usted no ha visto nada, señora. ¡Nada! —le dijo la rubia acomodándose un fusil, mientras la otra mujer le quitaba un pequeño tubo a una pistola.

Las mujeres doblaron por la siguiente cuadra y Cecilia avanzó hasta la trinchera. Caído estaba el hombre, caído estaba el mundo, caída estuvo ella. Y aunque guardó silencio no pudo disimular el sentirse viuda por segunda vez.

Divagaciones en torno a los posibles hallazgos de Sophia Engastromenos

El hallazgo más importante en la vida de Heinrich Schliemann fue el de su esposa, su segunda esposa, Sophia Engastromenos, esa prodigiosa mujer que recitaba de memoria los versos de La Odisea; de eso no debería haber duda. Para encontrarla recurrió a lo impensado, publicó en un periódico de la época esta sencilla nota: NECESITO ESPOSA GRIEGA PARA IR A BUSCAR LA CIUDAD PERDIDA DE TROYA. En cambio, el hallazgo de Troya es un mérito que solo debería atribuírsele a la grandeza de aquel o aquellos autores de esa nota de prensa llamada la Ilíada, con la cual miles de años después se logró cautivar a un niño llamado Heinrich Schliemann, y a la postre se contribuyó a que éste encontrara a su segunda esposa, Sophia Engastromenos, quien le ayudaría a encontrar el que sería el hallazgo más importante de su vida: la ciudad de Troya.

Plaza de Bolívar

A duras penas entreabre el ojo izquierdo y se arrastra hasta la esquina donde cae el sol por un pequeño claro del techo, pues quiere calentarse porque la noche ha sido muy fría. La inflamación y el palpitar ardiente del ojo derecho, que de nada sirve ya, no le permiten siquiera pasarse la mano por el rostro.

Todo ocurrió hace unos cuantos días cerca de la medianoche, cuando un tropel de hombres armados entró a la celda del almirante José Prudencio Padilla, y luego de liberarlo le dieron a empuñar una espada. Padilla, aunque quería su libertad, no entendía que el fin de la sublevación era darle muerte al Libertador. Una vez le revelaron el plan se negó y emprendió el regreso a su celda, con tan mala suerte que en uno de los pasillos se cruzó con ocho guardias; quienes al verlo armado lo creyeron responsable del levantamiento y lo rodearon. Fue entonces cuando le sobrevino el culatazo en el pómulo, las patadas, los puños y los insultos:

–¡Maldito Negro traidor! Se te acabó el sueño de una Nueva Granada sin esclavos.

Hasta que no oyó más y poco a poco se fue desvaneciendo. Ahora no le queda más remedio que recostarse en la pared para tratar de respirar mejor y recuperar algo de fuerzas.

Mientras avanza el día, a Padilla lo invaden sus recuerdos de infancia y le parece oír a su abuela: "Mijito cuídate, quiero que vivas muchos años. Cuando los hombres blancos te hablen, tú nada más obedéceles; pero, si te llevan a pelear, trata de no enfrentarte con otros negros, pues no está bien pelearnos entre hermanos. Recuerda que esos hombres nos arrancaron de nuestra tierra, nos encadenaron como a animales y nos subieron a los barcos… ¡Nunca olvides tu historia!" Pero el frío y las punzadas en el ojo le recuerdan que su realidad actual es la de un preso en espera de sentencia.

La mañana se ha nublado, por eso Padilla trata de regresar a la cama de piedra ayudándose con los salientes de la pared. Al final logra ponerse de pie, mas sus piernas no responden y cae al piso. Su mente viaja otra vez a lugares lejanos. Recuerda que, en las batallas navales, cuando lograban asaltar las naves enemigas, tomaba su bayoneta y mataba a cuantos se le atravesaban por el camino, así fueran blancos o negros, hasta el punto de lavarse el rostro en sangre. Entonces, entraba en un incontrolable trance que sólo se apaciguaba al oír en su conciencia las súplicas de la abuela: "¡No los mates, mijito, no los mates, son tus hermanos!" Otra vez se desvanece, es el sueño, el hambre y los golpes; todo lo adentra en su silencio, como si quisiera ir practicando para después de muerto.

–José Prudencio Padilla, ¡de pie, despierte! –le grita el coronel Zambrano, y él apenas logra incorporarse–. Vengo a leerle su sentencia: está usted condenado a muerte por el delito de alta traición a la República al intentar asesinar al Libertador Simón Bolívar. Primero, recibirá los auxilios religiosos de costumbre; luego, por orden del Libertador, será despojado de sus dignidades militares; después pasará ante el pelotón de fusilamiento; y finalmente colocarán su cuerpo en la horca para el escarnio público... Hoy es su gran día, Almirante, y no le toca hacer nada, ni siquiera morirse.

Padilla, a quien todavía no lo abandona esa serenidad heredada de los mares de enero, se sienta en la cama y le pregunta:

–Coronel, dígame, ¿qué tipo de escarnio público se le aplica a la víctima inocente de un tirano?

Zambrano calla, mientras Padilla con más pausa continúa:

–Deseo conservar mis insignias militares. Usted bien lo sabe... esas no me las dio Bolívar, esas me las gané luchando por la República.

–No sea pretencioso Padilla, más bien coma algo, así no se dirá dentro de doscientos años que la República fusiló a su almirante negro en ayunas.

Son las once de la mañana del 2 de octubre de 1828 y el cielo de Santafé se viste de gris como si presintiera la tragedia. La gente agolpada en la plaza contempla la marcha del pelotón de fusilamiento y del reo, que, quién lo creyera, a pesar de sus heridas, camina erguido. Tal vez, en su mente, imagina que va hacia la más importante de sus batallas; pero es el cadalso, el frío cadalso quien lo espera. El suelo de la plaza tampoco parece estar de acuerdo con este su destino, y si tan solo pudiera hablar se declararía indigno de sus pasos.

Ya le acaban de quitar sus insignias militares y pide (ordena) que no le cubran el rostro. Y he aquí el preciso instante en que las armas del pelotón, Padilla y los corazones de los cientos de personas que tienen clavada en él su mirada, se estremecen al unísono con los múltiples disparos. Su cuerpo, resistiendo la embestida, conserva la vida (¿o es la historia humana la que se concede el honor de preservarlo unos instantes más?).

El coronel no lo puede creer: "¡Maldito negro!" —se dice—. Ahora se percata de que un soldado del pelotón continúa con su arma cargada y lo increpa:

—¡Soldado Mulato, negro tenías que ser! Avance, dele el tiro de gracia.

Padilla ya no siente sus piernas y deja caer el rostro a tierra. Soldado Mulato rompe la fila del pelotón y empieza a recorrer los escasos metros que lo separan de su antiguo comandante, y, aunque no lo dice, desearía que Padilla hubiese muerto en el acto. El almirante entreabre su ojo y reconoce la silueta de Mulato. Lo recuerda, este soldado le salvó la vida en la batalla de Maracaibo, cuando tres realistas lo acorralaron en la proa, y Mulato, de un solo golpe, los envío por la borda.

Mulato avanza otros cinco pasos, las piernas le flaquean; no es miedo, es que, para él, Padilla, siempre fue un gigante.

—¡Mi Almirante, usted... usted es inocente, y yo no quiero ser su verdugo!

—No te preocupes, Hermano… Libérame de este sufrimiento. ¡Dispara, por favor, dispara!

—¡Movimiento, soldado Mulato! —grita el coronel Zambrano—. ¿O quiere morir usted también?

En lo más alto de la catedral un niño contempla la escena. Le parece ver allá en el cadalso a dos moribundos: el que está de pie levanta su arma, y el otro, ya casi hecho uno con la tierra, grita:

—¡Cobardes!

Y el ruido del disparo se pierde en el trueno absoluto con el que a las 11:17 minutos de este jueves inicia el torrencial aguacero.

Ya caída la tarde y después de soportar la granizada, el cuerpo del Almirante José Prudencio Padilla habita suspendido en el aire. Mientras tanto, algunas gotas de su sangre se diluyen en las entrañas de la Plaza Mayor de Santafé.

La hoja en blanco

...en el piso de arriba acaba de morir un hombre. Un hilo de su sangre pasa por el entablado y la primera gota cae justo encima de una hoja en blanco en la que un escritor se dispone a redactar un cuento. Él se sorprende, sube y fuerza la puerta con tanto ímpetu que se golpea contra una mesa de vidrio y muere. Entonces, un hilo de su sangre se mete entre el entablado y la primera de sus gotas cae justo encima de una hoja en blanco en la que un escritor se dispone a redactar un cuento. Él se sorprende, sube y fuerza la puerta...

Por tus calles tranquilas

A la memoria de Elkin Juvenal Acevedo Rincón

Un guerrillero cualquiera, en un pueblo cualquiera, de una Colombia cualquiera, acaba de apostarse junto a una piedra en una ladera, a unos doscientos metros de una estación de policía ubicada en un segundo piso. Ha sido delegado para lanzar la primera bomba justo encima del techo de la estación. La hora escogida son las 8.30 p.m.; ese será el momento cuando corten el fluido eléctrico y de paso la vida de cientos de personas. Aunque dijimos que es un pueblo cualquiera, ocurre que esta clase de pueblos también tiene nombre y por tanto historia: hela aquí.

Era miércoles 10 de enero, lo recuerdo como si fuera ayer, 1996 fue un año triste. Recién el fin de semana habíamos celebrado las fiestas del pueblo, que fueron apoteósicas. Las del año siguiente se cancelaron, las canceló la guerra.

La luna empezaba a bordear la montaña para luego guardar silencio ocultándose entre algunas nubes. Crucé la calle y me senté en la esquina justo al frente de mi casa. Mi mundo de esas horas se reducía a una pelota de letras, mi diversión eterna hasta cuando mi madre nos llamaba a dormir. Era una noche más bien tranquila y solitaria en las calles de mi pueblo; de hecho, ahora me pregunto si ese tenue silencio era normal o ya existía cierta complicidad en el ambiente.

El de mis cuitas apenas tenía dos calles principales y cuatro pequeñas carreras: la de mi casa, la de la policía, la de la escuela y la del colegio. De repente pasaron un bus y una camioneta. Iban repletos de gente y ni siquiera recortaron en el muerto o policía acostado (uno de esos resaltos de cemento que obligan a los carros a reducir la velocidad). Segundos después empezó todo y, aún hoy, veinticuatro años después no ha terminado.

Con las primeras bombas y ráfagas de disparos se cortó la luz. Había gritos, muchos gritos. Yo, a duras penas, logré entrar al negocio de al lado, el de mi primo Edgar. Ahí, en un cuarto de baño, pasamos la noche unas seis personas.

Entonces, yo apenas llegaba a los once años y no tenía mayor conciencia de eso que luego llamaríamos "conflicto armado". Luego de acostumbrarnos a los disparos fuimos descubriendo sus diferentes sonidos. Decíamos: "Eso es un fusil", y mi tía decía: "No, eso suena como un galil". De lo que no teníamos duda era de las granadas, porque su sonido estrepitoso generaba una onda expansiva que se paseaba por entre los techos de las casas con su lluvia de esquirlas.

En el primer piso, debajo de la estación de policía, funcionaba el Telecom. Las 8:30 de la noche era una buena hora para comunicarse. Allí, seguro había quedado atrapada un poco de gente, pues luego oímos la voz del policía Gutiérrez pidiendo tregua para que salieran los civiles. Había heridos, se oía gritar. Llegaron a un acuerdo y salió la gente.

De vez en cuando cesaban los disparos, y nos decíamos: "Ya, ya terminó". Pero no, todo arrancaba otra vez con una granada que nos hacía sacudir el alma, y luego venían los disparos de todos los calibres, las bombas y las granadas. Los guerrilleros, los elenos corrían al frente de mi casa, seguro iban a pasar hacia la calle segunda, (que nosotros llamábamos "la calle de abajo") a atacar por la retaguardia a los policías que a duras penas superaban la docena. Luego se oía: "Ríndanse, hijueputas policías, ríndanse". Y los policías les gritaban: "Vengan y nos sacan, malparidos". Y bumm se oían las bombas, las granadas y el tec, tec, tec, y tas, tas, tas, y más gritos y techos rotos y niños llorando, mujeres gritando y hombres armados caminando... No éramos más que pobres matando pobres, campesinos matando campesinos.

A eso de la media noche se oían disparos más allá de la estación de policía. Le estaban dando plomo a la casa de Santander, quien era un policía casado con una muchacha del pueblo. "Los mataron, seguro ya los mataron", decía mi tía, quien nos pedía que rezáramos para que cesaran los disparos. Pero corrieron con suerte, luego de un intercambio de disparos, Santander decidió entregarse. Se lo llevaron montaña arriba. Su esposa y sus hijos se refugiaron en la casa del rector del colegio. A Santander lo soltaron a eso de las 2 de la tarde del otro día.

Nosotros estábamos apiñados en el baño ubicado justo debajo de la escalera, sin luz, sin nada para tomar. Cuando conversábamos lo hacíamos a voz suave; ya empezábamos a darle más autoridad moral a las armas que a las palabras. Entonces, no imaginábamos la tragedia que acontecía en la calle de la escuela, allá donde de niños éramos felices en nuestros meses de estudio. Ese fue el mejor lugar del mundo hasta aquella noche.

Recuerdo que a las 8:15 pasó doña Resura, iba al Telecom a responder una llamada. En el pueblo solo había cuatro cabinas de teléfono y la cosa funcionaba así: primero alguien iba hasta la casa y le informaba a uno que lo necesitaban en Telecom, luego tenía que esperar hasta que lo llamaran de nuevo. Elkin Juvenal, el hijo menor de doña Resura, fue a acompañarla; luego, por un capricho del destino, el niño terminó yéndose para la cancha del colegio, pues allá estaban sus hermanos. A él le decíamos de cariño "Paito"; todavía, cuando en alguna conversación sacamos el tema le decimos así.

Todo parecía planeado para que el niño se encontrara (sabrá Dios) a medio camino del colegio cuando empezó la toma guerrillera; entonces, nadie supo qué fue de él. Todo pasó tan de repente, nadie se percató de fijarse en esa pequeña criatura a la deriva en medio de este siglo de violencias. Es imposible pensar que alguien le pudo disparar a esa alma de Dios. Lo que todos hemos aceptado es que fue una bala perdida, de esas por las cuales ni siquiera Dios responde.

Doña Resura, que a esa hora estaba, probablemente, respondiendo la llamada de su familiar, jamás se perdonó el no haber salido corriendo por entre las balas y las granadas a buscar a su pequeño. Tal vez, los otros paisanos la tranquilizaron, le dijeron que seguro el niño ya había llegado al colegio y estaba en buenas manos con sus otros hermanos.

Don Juvenal y doña Resura tenían seis hijos, de los cuales Paito era el menor y por ende el más consentido. A eso de las 8:15 p.m., don Juvenal tal vez veía la televisión o pesaba los bultos de café que compraba a los demás campesinos. Seguro él fue quien comunicó a su esposa que la habían llamado por teléfono. Que el niño la acompañara era apenas lógico, pues él estaba en esa edad en la que todos fuimos felices saliendo de casa a comprar el pan o hacer cualquier mandado o vuelta sencilla.

Pero cuando a las 8:30 p.m. se fue la luz, don Juvenal no supo qué hacer, pues su esposa estaría en Telecom y sus otros hijos en la cancha, justo al otro extremo del pueblo. Cada vez que había un vacio de disparos y bombas, don Juvenal intentaba salir de casa; pero no transcurrían unos minutos y volvía otra vez el zumbido de las balas. En algún momento de la madrugada pensó en irse por entre los cafetales por la parte de abajo del pueblo. Pero, para dónde si lo que sonaba era bala, y seguramente doña

Resura, su esposa, estaría cerca de la estación de policía. Entonces, no tuvo más remedio que esperar.

Paito veía televisión, de hecho, ya se estaba quedando dormido. Días antes había tenido algo de gripa, pero nada de qué preocuparse. La tarde la pasó jugando con los vecinitos; en la parte trasera de la casa tenían un tobogán de tierra, más llamado "raspaculos". Allá era feliz. También lo era con su hermano Carlitos, de hecho, parecían gemelos, no podían vivir el uno sin el otro. ¡Ay, Dios mío! Si aquella noche tan solo hubiesen inventado de un momento a otro cualquier entretención de niños.

Para ti, Paito, todo fue confusión. Nadie te alertó, nadie te dijo: "Paito, niño, ven, oye no… aléjate… Quédate aquí, refúgiate tranquilo en mi casa… Tranquilo… tu mami y tus hermanos estarán bien…" Pero, no hubo nada, ni nadie que te apartara de este momento. ¿Cómo es que te tocó a ti solo plantarte ante los últimos minutos que te regalaba la existencia?

Paito apenas oyó los disparos quedó inmerso en la oscuridad, trató de correr, pero ¿para dónde? ¿Quién le dice a un niño de siete u ocho años cuál es el camino que debe tomar si los adultos deciden matarse entre ellos? No sabemos si por el susto inicial lloraste, o el pánico no te dejó respirar, si te ocultaste detrás de un carro o una pared.

Lo cierto es que quedaste a la deriva, esperando la cita con el cañonazo, que sabrá Dios a qué hora exacta invadió tu abdomen. Entonces, todo fue dolor para ti. Todos sabemos lo que has hecho, has llamado a tu madre mil y mil veces: "Mamita, ay mamita, me duele mi barriga". Algunos cuentan que un guerrillero te vio, que trató de ayudarte. ¿Cómo así que un guerrillero estuvo contigo, acaso no fueron ellos los causantes de tu muerte?

Dicen que el guerrillero recogió a Paito, no sabemos si lo miró con cariño o solo con el afán que la guerra les permite a sus hijos. Lo cierto del caso es que el niño llegó a la puerta de la casa de don Mundo Sánchez, el chofer de la ambulancia, allí murió. Pero Paito, tus siete años siempre serán eternos.

La bala perdida, la bala inocente ¿sería americana, rusa, israelí o colombiana? ¿Quién le marcó el destino de cegar la vida de este niño nuestro, que no solo había empezado la vida, sino que la vivía plenamente? ¿De qué arma, de qué gatillo, de qué cañón saliste disparada? ¿Cómo llamarte perdida? ¿Cómo llamarte inocente si estabas diseñada para matar? ¿Cómo llamarte "bala inocente" si, por ejemplo, nunca decimos que una muñeca o un balón son culpables de la guerra?

El amanecer nunca llegaba; por algunos momentos intentamos dormir, pero no se pudo. La policía nunca se rindió, su resistencia fue heroica. También cayó el policía Buitrago, a quien, si mal no estoy, lo mató una guerrillera a boca de jarro en los primeros instantes de la toma. Su familia volvió tiempo después al pueblo, de paso claro está. Algunos paisanos les contaron que Buitrago estaba en la trinchera de la calle de abajo, y que ahí quedó.

Con la llegada de la luz del día la guerrilla se fue; o, mejor dicho, se replegó, porque en la práctica nunca se retiró de la zona. Oímos afuera voces conocidas. Lo primero que me impresionó al salir fue la cantidad de balas y conchas de bala regadas en la calle. Ya había pasado todo y gracias a Dios la familia se encontraba bien; mis papás, mis hermanos, mis primos, los vecinos, todos, todos bien.

En esas subió don Juvenal, venía con una ruana blanca, hablaban con mi papá, hablaban normal delante de nosotros los niños, porque la noche ya nos había hecho a todos adultos. Don Juvenal preguntaba por su esposa y por sus hijos. Yo le dije que sí, que ellos habían pasado unos minutos antes de iniciar la balacera.

Ahí mismo alguien se acercó, lo saludó y le preguntó por el menor de sus hijos. Él le dijo que el niño no había llegado a la casa. Entonces, ese alguien le dijo: "Hay un niño muerto en la casa de Mundo Sánchez, vaya y lo mira a ver si es su hijo". Don Juvenal se convirtió en lágrimas y así sigue todavía, tratando de sobrevivir, queriendo volver al pasado para atravesársele de una vez por todas a esa bala perdida que le cegó la vida al amor de su vida.

- - -

Otra vez son las 8 y 10 de esta noche del 10 de enero de 1996. Alguien debería cortar la luz, así cada quien se iría rápido para su casa. Por Dios, por misericordia, alguien debería por lo menos reventar la línea del teléfono, así aquella llamada jamás habría llegado. Es sencillo, nada más cortar un cable y ya. Así todas estas líneas de palabras no tendrían sentido. Por favor, corten la línea telefónica y Paito no saldrá de su casa en esta noche. Se quedará, tal vez, viendo televisión, medio dormido. Y entonces será nuestra gran fortuna, aquella bala perdida que te segó la vida ya no será historia. Será simple y llanamente una bala perdida que terminará en una pared o un árbol sin destrozarnos.

Ahora son las 8 y 20, la noche quiere caer con nosotros. Y aquí vienes acercándote, tu mamá me saluda, tú caminas detrás de ella, tratas de apurar el paso. Oye, Paito, ¿por qué no te quedas? ven y jugamos un rato. Mira, tengo el balón de caucho, ves que tiene todas las letras del abecedario, ven le damos todas las patadas que quieras. Quédate, Paito, total, tu mami irá al Telecom y allí estará segura. Tú, si quieres, cuando se vaya la luz, corres conmigo y nos refugiamos con mis otros familiares. Es un lugar seguro y verás que con el paso de los minutos nos pondremos a contar los disparos y las granadas. También, si quieres, apenas se vaya la luz puedes correr hasta tu casa. Tu papi te oirá y ahí mismo te abrirá la puerta. Quédate, por favor, Paito, siéntate conmigo aquí en la esquina y derrotemos juntos el destino.

Ahora me regreso unos minutos y son las 8:15. No he logrado detenerte, y a decir verdad ni lo he intentado (porque apenas era un niño y poco sabía de la vida y menos del futuro). Tu mami me saluda y tú pasas corriendo, te agarras de su mano porque ella va de afán. Ya en el Telecom te sientas con ella a esperar la llamada, y de repente te vas en búsqueda de tus hermanos a la cancha del colegio. Corres, saltas, corres, pateas una piedra, sigues corriendo.

Ya son las 8 y 30, se nos va la luz y empiezan los disparos.

¿Qué haces, Paito, a estas horas de la noche? Dime ¿por qué te abrazas al portón de nuestra escuela? No nos dejes y no dejes que nos derrote la tristeza.

La Asamblea Mundial de las Luciérnagas

En su Asamblea Mundial del siglo, las luciérnagas han ratificado por unanimidad aquella milenaria tradición de utilizar sólo su luz ahorradora.

Monólogo de una tortuga y sus formas de amar

H ola Alejandro, ¿cómo estás?

Yo sigo un poco tortuga. Recién hemos llegado a casa, pues esta tarde una amiga nos invitó al cine. La película, en realidad, era para niños, entonces, yo fui en plan de distraerme un rato. Pues, nada Alejandro, de mis hijos te cuento que están bien; mi papá no sabía ser muy buen abuelo y prácticamente no los determinaba. Ellos notaron cómo fue declinando su salud y ya imaginaban cuál sería su final. Yo la verdad, los veo muy tranquilos.

A veces, es a mí que me entra la cosa, la pena, sobre todo al medio día cuando de repente se me olvida que papi ya no está y me digo de contra: "Tengo que ir a darle su comida…" Bueno, son cosas así, pero nada, ya está.

Ya me encargué de todos los trámites, de la cremación que espero sea entre lunes y miércoles. Esto es lo que hay.

Te cuento que he estado pintando, pero en eso sigo también un poco tortuga. Realmente, con todas estas cosas, con todos estos sentimientos encontrados, siento a veces que ya se me olvidó, que ya no se pintar. Intenté inspirarme con el poema de La Cocuyera, pero no sé… no sé si logre ese cuadro.

Nada, pues, Alejandro, ya con lo de papi a veces son sentimientos bien extraños. Todo lo que ha sucedido con mi papá todo este tiempo echado en cama... La cuestión es así: yo soy la hija que más se parece a mi mamá, por eso él las tenía agarradas conmigo. Me peleaba mucho, me insultaba, fue como revivir todo ese maltrato de infancia; ha sido un año muy difícil.

¿Recuerdas que en otras ocasiones te he hablado de mi mamá, de lo buena que era? Pues a él le daba lo mismo y siempre la trató muy mal, como a una esclava, ella no tenía derecho a salir de la casa. Mi papá era mecánico, trabaja en los bajos de la casa; y mi mamá, si había clientes, no podía bajar ni siquiera a tender la ropa. Ella fue muy bonita y lucía siempre muy joven. ¡Si la hubieras visto! Imagínate, viviendo en el trópico, en el Caribe, en la playa; acá uno se viste con pantaloncitos cortos; entonces, si ella bajaba, todos los clientes de mi papá se ponían súper locos al verla.

Él la maltrató; incluso dos veces intentó matarla estando bajo el efecto de las drogas. Mil cosas pasaron. Yo pienso que mi papá guardó hacia mi mamá un extraño resentimiento que nunca superó. Mi pecado fue parecerme a mi mamá. Alejandro, eso es muy triste porque mi mamá fue y será siempre el orgullo de mi corazón. Siempre que iba a visitarlo, él me trataba muy mal. En cambio, a mis hermanas las trataba muy bien, como si fueran sus amigas, les contaba sus cosas, les hacía chistes, les decía cosas bonitas con gestos de cariño; a mí no. Yo, que iba a alimentarlo todos los días, recibía solo malos tratos, me insultaba e incluso llegó a levantarme la mano. Hablaba mal de mí y para él todo lo que yo hacía estaba siempre mal y no era de su gusto. Escupía en el piso para que yo tuviera que limpiar. Fueron tantas cosas, casi todos los días que yo iba a verlo, salía llorando herida sin entender por qué me trataba de ese modo; pero lamentablemente tenía que ser así.

Ahora la vida me dio este regalo de acompañarlo en el momento de su muerte y poder invocar a estos ancestros, principalmente a mi abuela y a su hermanito, quien murió recién a los cinco años. Gracias a Dios pude invocarlos para que vinieran a recogerlo. Yo sabía que era el momento de hacer esta invocación en voz alta: "Yo corto todos los hilos, todas las cuerdas que te puedan atar a la tierra, a nosotros. Papi, puedes irte tranquilo y sin peso". Luego lo tomé en mis brazos mientras estaba muriendo y le dije: "Vete tranquilo Papi, vete tranquilo, nosotros te perdonamos. Vete a descansar, que allá nada te va a doler. Te amaremos por siempre". Ay, Alejandro, ¿cómo decirte que se me partía el alma, si nací con el alma hecha pedazos?

Todos estos meses, desde el verano hasta ahora, han sido emotivamente dolorosos, pero a la vez de crecimiento. Mis hermanos no imaginaban que Papi se nos fuera ese día; aunque yo lo presentí desde que desperté y cuando él me llamó en la mañana confirmé mi presagio. Alejandro, sé que hice lo mejor que pude y lo hice con amor, sabiendo que la mayoría de las veces él no me trató de la misma forma. Todo esto me ayuda a ver la vida diferente y aceptar que cada persona da de lo que tiene y de lo que construye. Él dio lo que tenía, nunca dejó de ser un niño herido, un niño mutilado, mutilado de amor; por eso, al final, decidí dejarlo partir tranquilo. A mí me da pena y lloro porque a veces me siento huérfana… Aunque en realidad así me sentía cuando él estaba vivo.

Alejandro, mira que no solo el despedirme de Papi fue traumático, también lo fue el hecho de ocuparme de él desde que cayó enfermo. A mi papá le diagnosticaron cáncer terminal en julio del año pasado, y desde entonces hasta abril su decaimiento fue vertiginoso. Tenía cáncer en el esófago, en un pulmón, y creo también en los riñones. Papi ya estaba metastizado y su esófago tan obstruido que no podía siquiera pasar saliva. Le habían hecho un huequito más abajo del ombligo, y por ahí, por un tubito, yo tenía que alimentarlo a diario. Yo le cocinaba, le licuaba todo, y también le limpiaba esa herida.

Para colmo de males le salió un tumor gigantesco en su rodilla derecha. Ese pobre hombre que era tan activo pasó a ser un inválido postrado en cama. Todo ese proceso fue sumamente doloroso para él. Yo hacía duelo casi todos los días al verlo apagarse lentamente. Yo sabía muy bien que Papi estaba solo, porque no había construido muchos lazos de amor. Aun estando en la cama, en ocasiones, él llamaba a la gente para molestarla y decirle cosas. Pero mi papá era un ser humano, una persona, y así fuera alguien ajeno a mi sangre quien estuviera agonizando yo lo habría ayudado. Al fin y al cabo, yo tenía mucho amor para darle, así él no me lo devolviera.

Para mí fue muy importante que él me llamara y me esperara esas horas para acompañarlo en su partida. Ese día me llamó bien temprano preguntándome si iría a la capital a verlo. Yo le dije que sí, que salía en unos cuantos minutos para allá. Pero el viaje hasta allá dura casi tres horas, además debía dejar a mis niños en el camino donde mi hermana. Cuando llegué al hospital no entendí cómo hizo para llamarme, porque ya no podía mover sus manos, y a duras penas balbuceaba palabras poco entendibles por la flema abundante que le brotaba. Él sabía que era su último día, que estaba muriendo y sintió confianza y tranquilidad con mi presencia. Yo estuve ahí a su lado, y eso en cierta forma me da alegría. Fue triste, Alejandro, muy triste, pero sentí que era yo quien tenía que ayudarle y hacerlo sentir más tranquilo con mi presencia.

Bueno, esta es mi vida, Alejandro, y disculpa que sigo un poco tortuga.

Marita

Casi siempre soñaba que su madre le quería dar abrazos y se sonreía dormida. Solía despertarse a eso de las cinco de la mañana. Tendía su cama y dejaba todo en orden. Después que se colocaba la ruanita y sus zapatos de Barbie caminaba feliz hasta la cocina. Su mamá, como siempre, le hacía cariños, la alzaba, le daba besos. Luego se acomodaba en un cajón de madera cerca de la chimenea para abrigarse. Entonces, llegaba el gato y se le sentaba en el regazo. Pasados unos minutos el cielo abandonaba el azul profundo y el día aclaraba. Para esa hora la mamá ya tenía hechas las arepas y la aguadepanela.

Luego de desayunar iba hacia la ventana y miraba pasar a los niños de camino a la escuela. Solía contarlos, quedaban catorce, ocho mujercitas y seis hombres. Pasaban de a pocos, pero casi todos se detenían en el patio. "Hay que descansar", se decían, y tomaban algo de agua; mientras otros intentaban jugar.

—¡Qué lástima! —se lamentaba Marita—, ya quisiera volver a la escuela. Es que siento que todavía puedo aprender mucho.

—Pero ya no puedes, hijita, ya no puedes —le decía la mamá.

Pasaban las horas y llegada la tarde, hacia las dos, los niños regresaban a sus casas, y otra vez se sentaban en el corredor. Las niñas seguían sin aceptar lo de los meses pasados, y se quedaban mirando hacia la ventana mientras se decían:

—Cuánta falta nos haces, Marita. A esta hora tu mamá ya nos hubiera dado las arepas que le sobraban del desayuno.

Y a Marita, del otro lado de la ventana, se le quería salir el corazón, mientras decía:

—¿Ves mamá? Están hablando de nosotras. Quieren arepas. Pasémosles unitas nada más… que tienen hambre las pobres.

—Pero, mijita… si pudiéramos. No podemos; ya no estamos aquí.

—¿Cómo que no, mamá? Mira que sí estamos, somos reales. Tú me oyes, yo te oigo, oigo los ruidos de las ollas y el fuego de la chimenea. ¿Y el gato? el gato sí es real.

—No, mijita, al gato también lo mataron aquella noche.

—No, mamá, yo no te creo ese cuento de la muerte. ¿Cómo es que vamos a morir si estamos aquí, si siempre vamos a vivir? Ya no resisto más, mamá, me quiero ir para la escuela, ir con mis amigos. Mañana es el cumpleaños de Juanita; mírala nomás, que feliz está… Yo la quiero abrazar.

—Pero, Marita, no estamos, no somos. Somos como fantasmas.

—¿Cómo así, mamá, como fantasmas? Yo te quiero y tú me quieres. Nosotras no somos fantasmas, porque los fantasmas no saben querer. Lo que hacen es asustar a la gente, y nosotras no asustamos, mamá…

—Ven, mi amor, ven para acá. Vamos a mirarnos al espejo. Ves, Marita, mira el espejo. ¿Ves que no nos vemos, no nos reflejamos? Eso les pasa a los fantasmas, no se ven, no se proyectan.

—Pero, mamá, ¿por qué yo sí te puedo ver y sentir? ¿Por qué siento que duermo, sueño y que me despierto, y que llevamos una vida en la casa? Todo para mí sí es real.

—Sí, hija, eso es lo que pasa. Los muertos somos reales para los muertos. Pero para los vivos ya no existimos. Morir es otra forma de vida, Marita.

—Pero, mamá, ¿o sea que no volveré con mis compañeros, con mis amigos? ¿No volveré a jugar con ellos? ¡Qué triste la vida, mamá!

—Ven, hijita, ya no llores. Vamos y te doy aguadepanela y almuerzo. Tranquilízate. Todo saldrá bien.

El papá de los hijos de ella

Que no haya dudas, eran ellas los dos motivos y razones de su existencia. Así lo entendía la gran mayoría de vecinos, pues no está mal que de vez en cuando a un hombre se le permita amar a dos hembras al tiempo. La tolerancia, a la cual nos referimos, es evidente en la medida que asumimos a una como esposa y a la otra como hija. Don Julián ya vivía hacía algunos años con su hija Rosita (aunque eso sí, hay que ser sinceros desde el principio, era adoptada), hasta que por gajes de su oficio de repartidor de pulpa de fruta conoció a Julia. También suele ocurrir, de vez en cuando, que una pareja se conoce, y, ¡oh sorpresa! son casi tocayos.

Lo cierto del cuento es que las dos hembras de nuestra historia resultaron embarazadas. El hombre iba a ser papá por partida doble, y así lo sentía al contárselo a sus vecinos, quienes no vieron por lado alguno los pecaminosos vicios del incesto. A todas luces, el parto de su esposa debería haberle marcado los siguientes meses.

Pero él supo, poco a poco, ir prodigándoles cariño a las dos por igual. Cuando Julián llegaba a casa, era Rosita la encargada de saludarle y llevarle sus chanclas. Mientras tanto, su esposa le preparaba una aguadepanela; porque para nadie es un secreto que la gente se aburre de andar comiendo en casa lo mismo que ellos venden en la calle. Después de un rato, Julia y Julián descansaban en el sofá. Veían la TV hasta eso de las siete de la noche, cuando ella se levantaba a servir la cena. Esos eran los minutos que Rosita aprovechaba para salir de su habitación y acomodársele en las piernas a su papá.

Con el paso de los días, Julián logró que las palabras de aprecio y ánimo de Julia hacia Rosita fueran muy comunes. La niña, aunque caminaba cada vez con mayor dificultad, contribuía con lo que estuviera a su alcance para mantener el orden de la casa. En los momentos de ausencia de Julián, era Julia quien estaba atenta a sus necesidades y a la tardecita salían a dar una vuelta por el parque. La naturaleza es así, va generando entre las embarazadas una fuerte solidaridad.

El momento trágico de nuestro cuento se dio en el día de los partos; porque sí, fueron casi a la misma hora. El hombre se vio en medio de la encrucijada más grande de su vida: ¿a quién debía atender primero, a su esposa o a su hija? Decidió, entonces, subirlas al mismo tiempo a su automóvil, y no le importó tomar el carril exclusivo.

La agente de policía que los abordó no lo pensó dos veces, cuando vio ese tierno y a la vez urgido cuadro de dobles dolores le dijo: "Hágale, señor, no se detenga, avance cinco cuadras más y voltee a la derecha que ahí está la veterinaria, y seis cuadras más allá queda la clínica… La señora se ve muy mal…"

El final de esta historia salió al otro día en los periódicos y titulaba: "Hombre es papá de ocho, de un niño y siete perritos".

De Don Juan de Borja

La vida de Don Juan de Borja, hacendado limeño, no fue del todo brillante a nuestros ojos. Aunque su benevolencia quedó registrada en algunas de las más viejas construcciones, especialmente en las religiosas, como la de la iglesia del convento de La Merced. Para completar esta obra no tuvo reparo en vender una buena cuadrilla de esclavos. Al fin y al cabo, la Madre Santísima de Nuestro Señor le habrá quedado agradecida por la capilla con sus muchos detalles barrocos; que nada tenían por envidiar a las de la Península. Nuestro caballero teníase por bueno y consideraba que él mismo debía dejar marcada la placa memorial. De hecho, en esta capilla se puede leer: "DE DON JUAN DE BORJA". Su nombre quedó por todas partes, a tal punto que dicha frase la tenía bien diseñada en el hierro, con el que marcaba, ya fuese un animal, una calle, un anda de los muchos santitos que regaló por toda la ciudad, o cualquier cosa a la que considerase de su propiedad. Cuando la madre superiora de las mercedarias le veía llegar, exclamaba a voz en cuello: "Alabado seas Señor, por este santo hijo que nos visita".

Cierto día de enero del 1653 ocurriósele a Don Juan lo oportuno que sería un esclavo sólo para el asunto del agua. Pues la ciudad pasaba por los duros meses de la sequía y los recorridos en busca del agua solían tardar varias horas. Temprano despertó a la señora, y se fueron al grande puerto del Callao, donde habían arribado unas cuantas embarcaciones la noche anterior. A la distancia divisaron un barco negrero, del cual descendían con cierta premura unos doscientos y tantos negros. A medida que se acercaron les parecieron todos escuálidos y a punto del desmayo. "Ten fe, mujer, ten fe", díjole a su esposa, quien veía sin ninguna emoción a los tristes negros que ya pasaban cerca.

Quiso la Divina Providencia darles un buen presente; en otro barco arribaba un jesuita, amigo de la familia, a quien, tal vez, por un error de cálculo le sobraba un esclavo de cuantos traía del puerto de la Cartagena. El clérigo no podía, por precepto religioso, reportar mercancía adquirida ilícitamente, ni mucho menos apoderarse de un esclavo prófugo. Si lo hiciese, quedaría expuesto de tal manera a los fiscos de los oidores de la Compañía, quienes, estrictos a lo sumo, no dejaban puntada sin dedal al momento de registrar imprecisiones en la contabilidad; lo cual sería considerado una falta grave al cristiano voto de la pobreza.

Don Juan de Borja mostró su gran corazón y decidió, por su cuenta, hacerse cargo del pobre negro interdicto. No sin antes prometer unas buenas limosnas para la construcción de la Iglesia de San Francisco Javier. De este modo, el hijo de San Ignacio, anecdotaría el relato como una obra de caridad; de hecho, dijo mientras llenaba el documento: "El Diablo siempre te llevará a la clandestinidad, por ello hago esta obra a la luz del día y con testigos". Don Juan de Borja recibió el escrito con cierto aire de vergüenza, pues no sabía leer, y le dijo: "Me acojo a todo lo escrito".

Cuando don Juan de Borja vio al negro, la boca se le llenó de emoción, pues la dicha pieza tenía una prominente espalda. Le dijo: "Te llamarás José, el Criollo, y serás de mi propiedad hasta que mueras".

A la hora del dormir, acercose a su esposa y díjole: "Ese negro fácilmente huirá, el tramo hasta el río es largo". Ella le respondió: "Duérmete y deja tus preocupaciones".

A eso del tercer canto del gallo se oyó el primer grito del negro que le desgarró el sueño a la señora, quien no había bajado la escalera cuando oyó el segundo. El negro, a pesar de tener un trapo en la boca emitía sonidos tan desgarradores que pronto toda la casa estuvo despierta. A don Juan de Borja veíasele más feliz que nunca cuando puso la carimba al rojo vivo con las letras "Juan", e inmediatamente puso la "De". El esclavo, a punto del desvanecimiento, sintió la última carimba, y volteó la mirada hacia su ama, quien, a unos cuantos metros, sentía como suyo el destino del negro.

Esta historia me la contó la señora María, viuda y verduga de Don Juan de Borja, a quien una noche de borrachera intentó carimbearle la espalda. Pero la doña estaba preparada y le pasó sin pena un cuchillo por la garganta. Ahí mismo se marchó con la espalda limpia y la conciencia un tanto tranquila.

El espanto de la hondonada

"**D**eben ser como las 5:30", se dijo Simeón al terminar la travesía que le permitió divisar el esplendor de la hondonada. De ahí hasta bajar y luego subir al otro lado pasarían unos cuarenta minutos. Alguna vez a sus doce años hizo ese tramo nada más en veinte minutos. Ahora los años ganados y también los perdidos le habían enseñado que las piedras del camino, al igual que las personas, también merecen respeto.

Simeón empezó la bajada. El camino se deslizaba por la ladera en zigzag. Iría a la mitad cuando divisó al otro lado, casi a su misma altura, a una mujer que descendía montada en una mula. Aunque no la reconoció le pegó un silbido y un grito de buenas tardes; pero no le respondió. "Si me apuro —se dijo— me la cruzaré abajo en lo plano". Se acomodó el costal y aligeró el paso. No tardó mucho en el descenso. En el remanso estaba el silencio. Entonces, se sentó a esperarla. Se oía cada vez más cerca el casqueo del animal, y de repente lo arropó un aire que le enfrió los buenos deseos. Pasó saliva y mantuvo la calma pensando que ella venía un par de curvas arriba. No había retomado el camino cuando oyó el relincho de la mula. Pero no supo de dónde venía, y le empezó una risita de esas que suelen adelantarse a la cobardía. Al coronar la quinta curva volteó la mirada al otro lado de la hondonada (donde él había silbado) y la vio esbelta pero terrorífica, y nada más le salió un alarido:

–¡Virgen Santísima, protégeme! –Y reemprendió espantado su camino.

La mujer, que se había detenido unos instantes, le gritó:

–¡Adiooooos! –Pero él no respondió.

"¿Quién sería? –se preguntó ella– No puedo creer que no nos hayamos encontrado; de seguro se botó por un atajo, o a lo mejor ni me habrá querido saludar porque irá de afanes a pedirle posada a la viuda de Simeón".

La mujer apuró su montura hasta llegar a la fonda. Allí nadie le dio razón de quién había pasado con un costal al hombro hacía más o menos una hora. Pero sí escucharon con atención cuando les contó que en toda la hondonada había sentido un viento y una energía extraña.

A pesar de su desespero, la noche parecía tragarse los pasos de Simeón, quien llegó a su casa exhausto y muerto de sed. Su mujer y sus hijos nunca le creyeron el cuento del espanto y la mula.

La Guerra de los Mil Días

De cuando en cuando a los países pobres y pequeños se les ocurre hacerse grandes, pero cometen el error de ver en la guerra su principal modo de vida. Se aferran a esa idea que reza: "La guerra es la partera de la historia". El único problema es que nadie crece aplastándose a sí mismo.

Un día los habitantes de uno de estos países se cansaron de vivir entre escaramuzas y se dijeron: "Pues hagamos una guerra". Prácticamente todos estuvieron de acuerdo, y así fue, llegó el gran día, 17 de octubre de 1889. Alguno por ahí dijo: "No es correcto perder el orden, llevemos la cuenta de los días". El error fatal fue no acordar la fecha exacta en que debía terminar. "Estamos cansados", murmuraban algunos. "Que se acabe ya", gritaron sus madres.

Fue así que los cabecillas de lado y lado, mientras tomaban tinto en un café de la capital, acordaron que la guerra se acabaría en un día con número cerrado.

El día 100 fue el señalado, pero llegada la fecha el imbécil al que le correspondía levantar el acta se murió dizque de amor. En el día 200 no la quisieron acabar porque simplemente no les dio la gana. Pronto se empezó a sentir la escasez de víveres y la sobranza de muertos.

Y se alistaron para darle el triste y feliz término en el día 300. Se previó el delegado del acta, un joven muy respetable y de buena familia; tan de buena familia que cuando llegó el momento se excusó porque un aguacero le estaba destruyendo la casa a su mamá. El superior se le paró en frente y lo increpó: "¡Oiga, ¿es que a usted la patria le vale madre?!" Pero el pobrecito, que traía consigo la paciencia de los buenos hijos, huyó del lugar sin articular palabra.

Para no pecar de ingenuos, por intentar apagar la guerra a cada rato, se pactó terminarla en el día 500. Pero ese día los filólogos protestaron: "A ese nombre, Guerra de los 500 Días, le falta cuerpo". Ya cerca del día 600 otro padre de la patria dijo: "Estamos ad portas de terminar el siglo, no conviene que coincidan las fechas. La posteridad nos juzgará como psicorrígidos, y ni que fuéramos suizos para ser tan puntuales".

Bendito hubiera sido el día 700, en él se le pondría punto final a este despropósito. Pero justo al momento de firmar un numerólogo cayó en la cuenta de que el día ya se había pasado por no tener presente el bisiesto. "Bueno, vuelve y juega", dijeron otros (porque los primeros ya habían muerto), "vamos hasta el día 800 y ahí la terminamos". Pero aquella mañana ocurrió lo más terrible de todo: no la quisieron acabar por olímpica pereza. Ese fue el justo momento en que brotó la inteligencia, la brillantez: "Si ya vamos pa' los 900, pues completemos los mil".

Cuando por fin llegaron al día mil, alguien se levantó de su escritorio y dijo: "No. No puede ser que hayamos peleado hasta en los días de guardar, en las semanas santas y festivos. ¿Qué se dirá de nosotros, que no creíamos en Dios y no amábamos la Patria? ¡Sagrado Corazón, ni más faltaba! Propongo que recuperemos esos días". Por tal motivo, la guerra prosiguió hasta el día 1.128, pero acordaron que en la historia oficial se dijera que habían sido solo mil.

Réquiem

Al fin y al cabo, no estoy tan incómodo que digamos, pensaba que sería más estrecho. Los terminados son elegantes; qué vainas, no era pa' tanto. Antes me costaba mantener la misma posición y lo peor de todo es que hasta roncaba. Algunas veces cuando me estaba quedando entredormido me oía roncar; uno primero se asusta, pero inmediatamente se ríe. Peor es cuando hay otras personas; de hecho, una vez me pasó en una buseta y la gente no paraba de reírse. Yo desperté de un brinco, estaba atorado; por poco y me muero. Pero bueno, ya gracias a Dios se me quitó esa costumbre.

Así de elegante, como hoy, me he vestido muy pocas veces, porque me ha encantado lo informal, los jeans; pues por aquello de la comodidad. De lo que sí me dio un poco de vergüenza es que me hayan vestido otras personas. Se sentía muy raro, porque por más que a uno lo acomoden, uno siempre quiere como ajustarse, y esta vez eso me quedó, digamos, grande. La corbata me aprieta y si mal no estoy hay un bendito alfiler que me hinca, pero ya qué. Siempre tuve problemas con los zapatos, seguro que a más de uno le pasa eso de tener un pie más grande que el otro. Pero por primera vez en la vida… bueno, por primera vez ahora los siento súper cómodos. ¡Ay, Dios mío! y ahora justo me acuerdo de mi papá, alma bendita también, pues solía comprarme unas alpargatas negras que tenían un hilito rojo en v, y la suela era de caucho; bastante cómodas para ser de un material tan áspero. Creo que se me vino la nostalgia.

A celebraciones y fiestas siempre me gustó ir, incluso a las más monótonas y aburridas. Es que a nosotros sí nos encanta eso de la repetidera. Y ahorita también están todos en lo mismo. Tengo la certeza de que éste es mi último viaje, y es muy curioso porque nunca me había sentido tan acompañado. Recuerdo que les solía decir a mis amigos, vamos para tal parte, miren que va noséquiéncito, hagamos este o aquel viaje; pero ahí si nadie se animaba.

Ahora los siento muy ansiosos, míralos como se turnan. Eso me alegra. ¡Qué bonitos gestos de cariño! Pero, también los siento caminar con cierta prisa. Es apenas normal, todos tenemos nuestras preocupaciones, tendrán oficio por hacer, aunque sea hacer nada.

Ahora que soy el pasajero de todos, me parte un poco el alma oírlos llorar. Creo que les puedo perdonar sus cuchicheos y esas pequeñas exageraciones en las que me halagan como una buena persona.

Ya hemos llegado, menos mal que no llovió. Me tocó al lado del compadre, qué buena elección.

Rosas, margaritas, lágrimas, claveles, gritos, dalias, llantos, azucenas, piedritas, cartuchos, adioses, puñados de tierra, mucha tierra… También lloro.

Ya se han ido todos. Es apenas normal... Yo también me solía ir.

Leticia

Habías venido del norte del Perú, de Iquitos hasta Lima. Por cuatro años trabajaste muy duro en casa de una señora que prometió ayudarte, pero que al final no te reconoció ni un centavo. Cuando te fuiste a vivir por tu cuenta ya tenías dieciséis años y trabajabas cobrando los pasajes en la combi que iba desde el distrito de Chorrillos, por toda la Avenida Brasil, hasta el centro de la ciudad.

Fue un domingo cuando te descubrimos enferma en tu cuartito de alquiler ubicado en el tercer piso de una casa que parecía a punto del derrumbe. Allí, en la estrechez, como muchas personas en nuestra América Latina, tenías la cama que ocupaba casi media habitación; al lado, unas cajas de cartón con tu ropa; al frente, una mesita en la que compartían espacio un televisor, una estufa de dos fogones y algo de mercado. El baño, que también lo usaban tus vecinos, quedaba justo al frente de tu puerta.

El cáncer que tenías fue implacable con tu joven existencia y a la postre fue duro con todos los que te rodeábamos. Las "polladas", que en otros países son todavía motivo de risas y sinónimo de fiesta de pobres y marginados, fueron para ti auxilio y solidaridad, pues organizamos varias en tu nombre y gracias a Dios los vecinos colaboraban con gusto. Poco a poco, mientras iba cayendo tu cabello, nos contaste los pesares de tu infancia y de la poca juventud que habías podido disfrutar.

El cáncer nos dio unos meses de tregua; esos fueron días buenos. Volviste a trabajar y a valerte por ti misma. Pero luego volvieron las dificultades, todo pasó tan rápido. Te hospitalizaron en el oncológico de Lima, donde los pasillos estaban con sobrecupo de pacientes. Tan duro era que un día nos dijiste: "Esta mañana se murió la señora que estaba aquí a mi lado y la del frente".

Por esos días logramos que tu mamá y tu hermano viajaran a Lima. Pero pronto nos dimos cuenta de que tu relación con ella no era la mejor. Tu mamá, si mal no estoy, había pertenecido a los grupos senderistas. Te abandonó cuando apenas eras una niña. Las privaciones que pasaron tú y tus hermanos fueron incontables. La violencia de aquellos años fue tan brutal que llegaste a presenciar cómo tus familiares se masacraban mutuamente.

Tu relación con tu mamá era contradictoria. Algunos días las veíamos juntas y en otras brotaban de lado y lado los insultos, y en lo más álgido de la discusión le reclamabas por sus acciones de otros tiempos.

Para esos días las quimioterapias te habían dejado tan vulnerable que una simple gripa te ponía en riesgo de muerte. Mas tus ganas de vivir te hicieron levantarte de la cama. Llegamos al punto de hacer planes de estudios y viajes; porque para ti la vida era tan hermosa que no tenías la intención de darte por vencida tan temprano. Entonces, tu lucha por la vida también fue nuestra, los vecinos y las personas del barrio se volcaron en tu ayuda. Para esos días la relación con tu mamá había mejorado notablemente. Pero la naturaleza dio de nuevo su veredicto y esta vez la recaída y la hospitalización fueron terribles.

Fue por esos días cuando te llenaste de valentía y decidiste el regreso a tu tierra natal. Nos partiste el corazón, pero en el fondo ya eras consciente del avance de tu enfermedad. No pasó mucho tiempo desde que te fuiste y en que te nos fuiste. Tu partida de este mundo fue heroica, estando en los brazos de tu madre la perdonaste por sus errores del pasado, y, con una mirada mutua al final de tu existencia se concedieron la paz de saberse amadas. Fue un milagro, un verdadero milagro, y te llamabas Leticia, que significa Alegría.

La carrera del vendedor más grande del mundo

Digamos que se llama Luisa. Por las mañanas vende lapiceros en las busetas de la Carrera Décima de Bogotá. En este momento, y con cierta dificultad, ha logrado ingresar por la puerta trasera. Un señor la ve con su bebé en brazos e intenta cederle el puesto; pero ella hace un ademán negativo mientras camina hacia la parte delantera de la buseta. Ahora le ofrece un lapicero al chofer, quien medio se gira y le indica con su mano, que tranquila, que no hay problema. Aunque su bebé se deshace en llanto, Luisa no tiene más remedio que empezar con su prédica. La hace con un tono melancólico que escapando de su boca mantiene una velocidad constante a pesar de los abruptos frenazos del bus. Ella lo va logrando, poco a poco genera en nosotros esa triste compasión llamada lástima. Su repertorio ya es sabido y no viene al caso reproducirlo. Pero, mientras todo esto sucede, está aconteciendo otra historia, pues, Luisa, a pesar de estar exponiendo los argumentos de su necesidad, tiene la mirada perdida en las ventanas del bus. A quienes vamos sentados poco o nada nos interesa ese detalle. ¿A quién le debería importar? Ahora, justo ahora, entrega los lapiceros y sigue hablando; ya al final se le oye decir: "…lo que diosito ponga en su corazón". Pero he aquí el milagro: el bebé ha dejado de llorar y despliega una sonrisa que nos atrapa a todos, como si entendiera que este es su trabajo. Tampoco se sabe cómo, pero mientras la mamá avanza, él va mirando fija y cautivadoramente a cada pasajero. Lo hace como si dispusiera de todo el tiempo del mundo. Luisa, aunque trata de avanzar, no tiene más remedio que vivir este momento en cámara lenta. Y el tráfico de la ciudad queda por unos instantes atrapado, embotellado, en la respiración de este niño sin nombre.

Ya está hecho, lo que Luisa dejó inconcluso en las palabras, el bebé lo redondea con su candidez. Aquí está, es él, el vendedor más grande del mundo. ¿A quién no se le parte el alma con este cuadro? Si al final uno le compra un lapicero, sabe que alguito de ese dinero se transformará en comida para esta criatura. Luisa recoge los lapiceros, le han comprado unos cuantos, pero más ha recibido de gratis, ganancia doble. Ella lo sabe y sonríe leve y tristemente, pues en su mano han caído como bendición unos cuantos billetes. Pero ni así mira a los demás a los ojos. Al fin y al cabo, uno podría decir que es su culpa, su bendita culpa... Pero la pobre vive en una de estas ciudades donde la gente poco se mira a los ojos, y donde algunos desearían que ella no existiera, que se mantuviera invisible, a pesar de que la tristeza en su rostro sea también nuestra.

Ahora, Luisa (Luisa madre soltera, Luisa pobre, Luisa vendedora ambulante, Luisa sin estudio, Luisa la del arriendo de cien mil pesos mensuales, Luisa quien en teoría es solo una niña de diecisiete años, Luisa quien cada día avanza en este destino de no ser nadie) se pierde en la maraña de la ciudad.

Mientras tanto, el bebé recobra su llanto, y su mamá, en un gesto de agradecimiento, lo voltea hacia ella, mirándolo a los ojos, que son tan idénticos a los del abuelo, a los de aquel colombiano que ya no está.

Desde aquella noche, en su huida, en la carretera, en la soledad de sus pasos, en los días del inacabable viaje a Bogotá, Luisa aprendió, en defensa propia, a no mirar a los demás a los ojos.

El Caballero de la Triste Figura

—¡Quítese la armadura! —le oye decir a la enfermera Lucía quien le sonríe; mas para él es una simple súplica. De manera elegante logra liberarse de ella, lo hace con esa destreza perfeccionada a lo largo de estos 400 años. La enfermera se inclina y toma la bata en sus manos; él la mira compasivamente y le dice:

—Deja ya las reverencias, mujer.

Ella, aunque se ríe, hace el mayor de los esfuerzos por tomarlo en serio. Los malos olores de la prenda no le son ajenos, pues ya sabe que don Pedro se baña pocas veces por semana.

El viejo siente cada vez más frío, a tal punto que empieza a temblar. La enfermera lo mira con lástima y dice para sus adentros: "¡Ay, Dios mío, Dios mío, qué triste figura la de este caballero!" Mientras tanto, él lamenta su propia condición y toma sigilosamente la daga que guarda debajo de la almohada.

—No se alarme, bella dama, son normas de seguridad básicas, pues en esta desnudez cualquiera podría matarme.

—Pero don Pedro, aquí nadie lo quiere matar. Mejor deje ese cepillo de dientes en la mesita y estire el brazo para inyectarle sus medicinas.

Él cierra los ojos, aprieta los dientes y un clarividente pensamiento se le vuelve palabras: "Cuidado, cuidado, esa pócima me puede matar… o peor aún me podría dejar vivo". Lucía le dice con paciencia:

—Don Pedro, don Pedro, si continúa haciendo fuerza no le podré colocar la inyección–. Al sentir la aguja, el viejo se sobresalta y casi al punto de las lágrimas dice:

—Adiós, adiós Dulcinea de mi corazón, siempre adiós.

Al otro lado de la pared y en plena siesta del almuerzo, Doña María Elisa le ha oído; y la verdad, también siente un poco de pena por él. Pero en últimas cada quien con lo suyo. Ella, un poco más cuerda, hace todo lo posible por no evadir su realidad de viuda y anciana abandonada.

Ahora son las tres de la tarde, nuestro viejo ya ha dormido un poco gracias a los sedantes, suspira profundo, se levanta, abandona su habitación. Ahí están el patio y la granja. Él dice:

—¡Ay, La Mancha, La Mancha, La Mancha! Me voy a recorrerla un poco.

La enfermera, que ya sabe sus intenciones, le dice:

—Allá no puede ir así, don Pedro.

—Pues, señorita, no tenga usted pena…

Y mientras le ajusta el pañal le dice:

—Le repito una vez más, caballerito: su estado de salud es muy grave, no puede andar por el mundo así nomás de andariego. Ya pronto empezaremos con sus quimioterapias.

—¿Y perder mi cabello? Está usted muy loca, señorita, es lo único que me faltaba en la vida.

Media hora después el cuerpo le da un aviso, su estómago le arde.

—Deben ser —se dice— los frijoles de anoche.

—Pero si anoche no ha comido usted frijoles. —Le dice Lucía desde su consultorio—. De hecho, en los tres años que lleva usted internado aquí, jamás los ha probado.

Ahora se levanta, camina hacia el baño, apoyándose en esa corta lanza que es la escoba.

—Pero ¿qué es esto? Qué desperdicio.

El viejo toma el rollo de papel y grita con furia:

—¿Cómo es que no escriben algo interesante en todo este papiro?

Pasados veinticinco minutos, la enfermera se acerca al baño, toca con cierta pausa y le dice:

—¿Le puedo ayudar en algo?

—Por supuesto, señorita, me urge un lapicero. Tengo una historia magnífica por escribir.

—Muy bien, muy bien, don Pedrito, y sobre qué desea usted escribir.

Él se reacomoda en el inodoro porque ya sus piernas se le duermen.

—Imagínese, señorita, me estoy inventando una gran historia, que dice algo así como: "En cierto lugar de La Mancha de cuyo nombre no quiero acordarme…

Ya en medio de la noche y en el calor de su hogar, Lucía se despoja de su armadura de enfermera y, entrando al mundo que le pertenece, sueña con un amor feliz; de todo lo demás ella no quiere acordarse.

Lectura del libro de Job

Un hijo de Job sobrevivió a la catástrofe. Cuando iba de regreso a casa de su padre se le apareció un hombre de cierta edad y le dijo:

—Muchacho, ¿para dónde vas?

Y él le respondió:

—Voy a consolar a mi padre. ¿Quién es usted?

—Soy Dios, y no sabes cuánto lamento lo de tu padre.

—¡Dios…! —Se sorprendió el hijo de Job— Oí que pusiste a prueba a mi padre.

—Bueno, en realidad no fui yo, es la vida que es así. Aunque a veces quedan algunos cabos sueltos. —comentó Dios mientras avanzaba hacia él. Este ya retrocedía en círculo y con voz entrecortada le preguntó:

—¿Por qué siento que en este momento no te fluye la misericordia? ¿Qué planeas hacer conmigo?

—La misericordia es una debilidad de la que me estoy curando —le respondió Dios con una risa fría y prosiguió—. Contigo solo me interesa cumplir mi palabra.

—Pero ¿y el tiempo? —insistió el muchacho— Tu palabra no se cumplió en el tiempo estipulado.

—Has de saber que soy eterno.

El hijo de Job intentó otro argumento:

—Bueno, por lo menos deberías reconocer que cometiste un error.

—Te informo —le contestó Dios como escupiendo la última palabra a pedazos— que incluso los errores en mí son per-fec-tos.

Y sintió que había encontrado el camino para su salvación. Se arrodilló y le suplicó:

—Déjame vivir, mira que ya nada tengo. Vagaré por países lejanos, seré un paria y así no afectaré tus planes. Las generaciones venideras hablarán de tu bondad. Mi padre dará fiel testimonio de tu amor y todo será perfecto.

—Debo reconocer que eres muy entendido en mis asuntos —replicó Dios mientras se le fue acercando—. Pero no me harás cambiar de opinión. En cambio, te ofrezco una última voluntad, lo que quieras.

¿Que podía decir ante ese ultimátum? Entonces, cayó en la cuenta de que Dios estaba obligado a cumplirle su deseo, pero este debía ponerlo en jaque. Y en unos cuantos segundos armó el argumento y revisó los pros y contras. Cuando estuvo seguro de una victoria sensata formuló su pedido:

—Mátame en presencia de mi padre.

—No lo puedo hacer —le fue diciendo Dios mientras lo estrangulaba—. El cobarde de tu padre enloqueció y se ahorcó.

Palabra de Dios.

Te alabamos Señor.

Paula

El pueblo descansaba sobre una ladera que daba al río. Aquel domingo, después del almuerzo y como de costumbre, los muchachos descendieron por el entreverado camino de piedras hasta el puente colgante, y desde las rocas se lanzaron triunfantes a lo profundo del pozo. También iba Ligia, quien a sus diecisiete era la luz de aquella generación. Pero, resbaló, se golpeó la cabeza contra una roca y desmayada se les fue río abajo. Los muchachos se arrojaron tras ella, batiéndose contra la indiferencia de las aguas; pero, cuando la alcanzaron e intentaron reanimarla ya era demasiado tarde.

Veinte años habían pasado y Paula, su madre, padecía todavía de unos temblores repentinos en las manos y de una debilidad fría que le recorría todo el cuerpo. Sus otros hijos sabían de su tristeza y cada año trataban de estar con ella, iban a la Iglesia y después se reunían en casa. A la tarde, en compañía de sus nietos, hojeaba con nostalgia los álbumes de la que siempre fue su niña.

Ya acostada no le encontraba forma a la noche y menos a la almohada. Se cubría con la cobija y se destapaba casi de inmediato porque le faltaba el aire. Luego se levantó al baño y pasó a la cocina por un vaso de agua. Por la sala rondaba todavía la misma ausencia de tantos años. Se propuso dormir, pero los ladridos de un perro viejo en el patio vecino se lo impidieron. "¿Qué le voy a hacer? —se dijo—. No es la noche, es el peso de mis recuerdos". Ya casi dormía, pero se vino la lluvia y luego el ruido de unos camiones que se parquearon justo en frente de la casa, y se dijo: "¡Dios santo!, ya debe ser medianoche".

Al rato le sobrevinieron uno que otro bostezo y algunos recuerdos vagos de su niñez. Intuyó un par de voces un tanto familiares, se sonrió y pensó: "Otra noche de insomnio". Frotó sus manos y entre sus líneas descubrió un tenue brillo; creyó que eran imaginaciones suyas. Después, sintió, no sin asombro, que le llegaba un olor a campo y que la pieza abarcaba más espacio. Las paredes surgían y se alejaban repletas de un sonido apacible. Y se vio habitada por seres con forma de imágenes, palabras, sentimientos, gustos, sensaciones e innumerables recuerdos que la animaron a ponerse en pie.

Luego salió de la habitación y descubrió que la sala era un paisaje de colores, casi sin fin, que se movían en una danza hermosísima y poseídos por una melodía indescriptible que le hacía vibrar todo su cuerpo.

Perdida en esta contemplación, chocó con alguien y recordó al instante que su mamá sembraba maticas de cauto y que se alegraba cuando se abrían en flor.

—Disculpa —le dijo Paula.

—Perdón, ando un poco distraído —le respondió él.

—¿Quién eres? —preguntó Paula.

—Soy, Recuerdo de Flor de Cauto.

—¿Un recuerdo? —insistió Paula— Es imposible. Nadie es un recuerdo.

Y él le respondió:

—Por supuesto que sí lo es. Aquí cada uno existe porque es un recuerdo de la memoria de Paula, ella nos creó. Mírame bien, y verás que soy el recuerdo que ella tiene de cuando veía a su mamá cuidando los cautos. A mí me encanta que me llame porque ahí mismo dice: "A mi mamá le encantaban los cautos florecidos; decía que eran señal de buenos tiempos".

Así, Paula, comprendió que, sin saber cómo, se hallaba dentro de su propia memoria, pues, cuanto rozaba con sus sentidos estaba relacionado con ella. A cada paso encontraba recuerdos, y si respiraba profundo percibía sensaciones que creía ya olvidadas. Es probable que Ella se preguntara por la razón de todo esto, y si lo que vivía era real o producto de su insomnio. Pero, aunque sabía que era una locura, no la abandonó la conciencia de su presente. Así nos ocurre a todos, estamos presos en el infinito devenir del tiempo.

Lo cierto es que Paula se sintió con fuerzas para quedarse y así lo decidió. Ustedes se preguntarán cuánto tiempo estuvo ahí: minutos o tal vez horas, días o quizá años, o para siempre. No poseemos la forma de calcularlo, porque, en la memoria las manecillas del tiempo avanzan en direcciones caprichosas.

Entonces empezó a navegar por sus recuerdos más remotos, por la comodidad incomparable del vientre de su mamá; aquel sube y baja para todos lados, la temperatura ideal en cada momento. Hasta que sintió cómo le llegaron esas ganas tremendas de nacer y reconoció que su llanto había sido en realidad un grito de victoria. Sintió de inmediato el cambio de clima y el placer de abrir sus ojos justo cuando la acercaron a su madre; eso sí que fue un amor a primera vista.

Luego se paseó por sus primeros meses de vida; experimentó cómo sus ojos fueron inventando los colores y cómo poco a poco tomaba el mundo en sus manos. Se vio feliz en la cuna oyendo caer la lluvia que entrelazada con el viento danzaba sobre el techo de la casa campesina.

Después se vio de poco menos de un año haciendo solitos de un lado a otro del corredor; se fascinó por su pequeño gran triunfo. Y así avanzó hasta aquellos recuerdos en los que un día descubrió esa extraña facultad de la conciencia. Era apenas entendible que la embargara la nostalgia y el deseo de regresar a sus reminiscencias de los primeros años. Pero, Recuerdo de Flor de Cauto, quien la acompañaba, le insistió en que ese vasto universo que tenía enfrente merecía ser recorrido. No le quedó de otra sino aceptar que todos llegaremos a una edad en que la felicidad se apacigua y las penas aumentan.

Luego se vio corriendo de mañana a la escuelita de la maestra María Antonia. Y sintió sus manos memorables sobre las suyas enseñándole a tomar el lápiz. Cuando logró atar todos sus recuerdos de aquellos cinco años, reconoció que la maestra, en una especie de pacto con la vida, le donaba la luz del saber mientras perdía la de sus ojos.

Tiempo después arribó a su juventud y se encontró con los tristes recuerdos de los conocidos que murieron en la guerra. Viendo de nuevo las lágrimas de sus madres confirmó que eran tan idénticas a las suyas, y se imaginó a cada una de esas pobres mujeres andando por la vida con su pena.

Continuó el camino por entre sus recuerdos de señorita, percibió el rubor de los primeros amores, luego la vida de casada, el cariño de su esposo y las vicisitudes de aquellos años hasta que marcharon al pueblo.

Pasó largo tiempo navegando por los recuerdos de los nacimientos de sus hijos, comparando la alegría de su propio rostro con la del rostro de su madre. Fueron años y años de buenos recuerdos: los niños pequeños, la cocina, la guardería, la escuela, sus peleas, sus logros. La adolescencia les llegó tan de repente, y entonces otra vez le pareció que nada más había sido ayer que eran unos bebés. Luego se vio parada ante el bus, despidiéndolos de a uno por año, pues se marchaban para la ciudad a estudiar, hasta que en casa sólo quedó Ligia. Del colegio salió con honores a los dieciséis. Al siguiente año marchó a la universidad y venía al pueblo cada vez que podía.

Después, Paula se adentró en la remembranza de aquel abril en que Ligia partió. Conversó largamente con los recuerdos de los días anteriores y escuchó de nuevo a su hija diciéndole por teléfono: "Voy este fin de semana". Algunos de esos recuerdos le hicieron ver que también estaban sorprendidos por lo sucedido, y que por mucho tiempo se habían culpado, pero que en últimas habían aceptado el destino.

Repasó con cierta obsesión la última noche, como buscando motivos para culparse. Recordó que en la mañana se había levantado con cierta tensión en el pecho, que se le disipó con los quehaceres de la casa.

Paula iba y venía una y otra vez por los recuerdos de las veces que en esas horas se cruzó con su hija, y aunque insistió no encontraba nada que reprocharse. El almuerzo fue, digamos, agradable y al final Ligia le dijo: "Mami, voy al río". Y se oyó diciéndole: "Vayan con cuidado y regresen antes de las cuatro". Minutos después se dedicó a ordenar la casa y atendió a una comadre que vino de visita. Al rato oyó el griterío y a alguien que le dijo: "Su hija se desmayó y se la llevó el río". Paula, a pesar de saber que estaba en su memoria, se desvaneció. Recuerdo de Flor de Cauto y otros recuerdos la auxiliaron. Ya vuelta en sí decidió continuar. Se vio junto a mucha gente corriendo hacia el río, como volviendo a recoger sus pasos, por entre matas de café y naranjos hasta llegar a la playa...

En el transcurso de la vida hay pérdidas en las que es muy necesario el silencio, incluso el de la palabra escrita.

De hecho, se carece en el español de un término que designe por sí solo a la mamá que deja de ser mamá. El resto de años, a pesar de ser muchos, habían transcurrido como un solo gran día, como una continua repetición de la soledad.

Se sabe que Paula prosiguió con el trasegar por su memoria, y que cuando decidió regresar a su vida de siempre, aceptó que sus hijos eran lo mejor que le había pasado y que le seguiría pasando. Porque el amor florece como un cauto entre sus espinas y más allá de los caminos del tiempo y de la memoria.

Epílogo

En este momento se abre una ventana en el tiempo y viajas hasta 1995, exactamente a las 2 y 30 de la tarde del 20 de diciembre. Estás en una carretera polvorienta, ves pasar a un niño en una bicicleta que le sobrepasa en tamaño. Va a buena velocidad, se dirige hacia un puente y justo cuando entra intenta un giro en u, pero pierde el control, se golpea contra los rieles y queda colgando al borde del precipicio. Lo estamos viendo sostenido solo por las yemas de sus dedos; este instante dura casi nada. Ahora es solo él y el enorme vacío del mundo (pero más veloz que su caída libre de doce metros es su mente que ahora está plagada de entrecortadas imágenes de lo que ha sido su breve existencia: ve tantas veces el rostro de su madre, oye su voz, siente sus manos. Escucha los miles de gritos y risas de sus hermanos. Se ve junto a sus amigos corriendo por las calles del pueblo. Según los cálculos matemáticos su caída no dura más de dos segundos, pero mientras está en el aire se abstrae del mundo. Ha logrado ver los muchos futuros de su vida posible. Se ve viajando por otras tierras, triste y feliz, estudiando, trabajando. Y en una de esas imágenes ve un libro de palabras que siente le pertenecen; en ellas encuentra la historia de un niño que acaba de volar por los aires, y en su portada la fotografía de una niña que lo mira desde otros tiempos, como pidiéndole que no se vaya todavía). Hay instantes que son toda una vida. El golpe que se da a 55 km/h es tan rotundamente mortal que va y vuelve. Está en el agua, por fortuna ha caído hacia la orilla en un pequeño claro que hacen tres piedras. Su sangre va por el río, mientras oye arriba la voz del padre, quien le ha visto caer y se lanza por el despeñadero a rescatarle.

Currículum Vitae

Nacido en el seno de una familia feliz, en el pueblito de San Bernardo de Bata del municipio de Toledo, Norte de Santander en Colombia, Alejandro ha sido panadero, campesino, saltador de puentes, tendero, delegado de la registraduría, santo y pecador, madrugador en moliendas, amenazado por la guerrilla, seminarista, lector, misionero, viajero, músico, caminante por las montañas del Catatumbo, hippie, estudiante de filosofía en Medellín, un desplazado más en Oriente Antioqueño, ermitaño, aprendiz de quechua, lector de Los Miserables, un habitante de los Andes del Perú, animador de polladas, alpinista, amigo de todos, charanguista, estudiante de teología, manifestante en las calles de Lima, un navegante por entre las venas abiertas de América Latina, vendedor de seguros, un Biófilo Panclasta, poeta, cocinero en Macondo, profesor de inglés, enemigo de ninguno, borracho, estudiante de filosofía en Bogotá, un nostálgico, reeducador, auxiliar de archivo, traumatólogo del corazón, bailador, maestro de panadería, profesor de sociales, loco, traductor de portugués, vendedor de arequipes, salvador de tesis, coleccionista de libros, tío de 29 sobrinos, estudiante de licenciatura, escritor, carranguero empedernido, columnista, trovador, estudiante de literatura, otra vez borracho, corrector de estilo, profesor en Altos de la Florida, periodista, hacedor de unos deliciosos huevos al tomate, bohemio, profe de religión, estudiante de maestría, siempre poeta, enamorado de sus muchas vidas y ahora autor de este hermoso libro que tienes en tus manos. *Amén.*

Por ahora el autor dedica parte de su tiempo a la escritura de una nueva obra, una novela que narra la vida de un hombre que lucha por su libertad.

www.ingramcontent.com/pod-product-compliance
Lightning Source LLC
Chambersburg PA
CBHW021957170726
47994CB00021B/850